AF384408

APPARITION

Du Sauvage des Forêts

A Paris :

SA DÉCLARATION DE GUERRE

A TOUS LES INFAMES JOURNAUX QUI EMPESTENT LA SOCIÉTÉ,

Son discours à S. M. Louis-Philippe Ier, Roi des Français;

Suivi de détails curieux sur la vie privée de cet être extraordinaire.

> Entre mil huit cent trente-neuf et mil huit cent quarante il se passera des choses si extraordinaires que ça renversera l'imagination des hommes.
> Celui qui voit tout, qui entend tout, et fait toute chose de rien.
> Celui qui est, qui a été, et qui sera.

Cette brochure peut se trouver

CHEZ TOUS LES LIBRAIRES DE PARIS

ET DES PRINCIPALES VILLES DE FRANCE.

1839.

EXTRAIT IMPARTIAL

ET FIDÈLE

de l'audience solennelle

ACCORDÉE AU

SAUVAGE DES FORÊTS,

PAR S. M. LOUIS-PHILIPPE Ier,

ROI DES FRANÇAIS,

En l'honneur des 27, 28, 29 Juillet 1839.

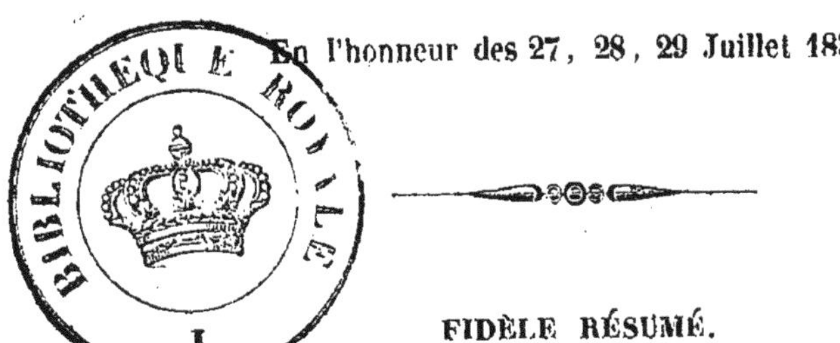

FIDÈLE RÉSUMÉ.

Le jour de *Saint Sauveur*, dès huit heures du matin, les avenues qui aboutissent à la grande salle des Réceptions étaient encombrées d'une foule immense de curieux des deux sexes pour voir passer ce personnage extraordinaire. A neuf heures, le corps diplomatique a été réuni ainsi que de nombreux détachements des légions de la garde nationale de Paris et de la banlieue. Tous les hauts fonctionnaires, ainsi qu'un grand nombre de pairs de France et tous les députés présents à Paris, ont été invités à se rendre à cette mémorable solennité.

Des places ont été réservées pour tous les re-présentants de la bonne et de la mauvaise presse indistinctement ; tous étaient accompagnés chacun d'un sténographe éprouvé, destiné à ne laisser perdre aucun mot de ce qui sortirait de son incomparable bouche.

Les tribunes réservées aux dames étaient entièrement encombrées ; on se pressait si fort, que plusieurs en ont eu les bras foulés.

Sa Majesté précédée, accompagnée et suivie de ses aides-de-camp et maréchaux, et de tous ses ministres, a fait son entrée en audience. Aussitôt un respectueux silence s'est fait entendre ; c'est-à-dire, chacun a fermé la bouche, s'est découvert avec respect, la garde nationale a présenté les armes ; et, Sa Majesté, après avoir adressé des paroles flatteuses à chacun des détachements de la garde nationale, s'est placée sur un trône richement pavoisé de drapeaux à couleurs nationales.

A dix heures précises, on a annoncé le Sauvage des forêts.

Tous les regards se sont portés sur lui aussitôt, beaucoup de jolies dames en ont eu peur, d'autres se sont rassurées, une ou deux sont tombées évanouies, mais ces accidents n'ont pas eu de suites fâcheuses.

Il a salué Sa Majesté sans quitter un grand bonnet, espèce de casque couvert de grand poil; il a croisé un peu mieux la peau de lion qui lui sert de vêtement; et, pieds nus, car il ne porte point de chaussure cet homme à taille herculéenne, il s'est approché du trône, a salué Sa Majesté trois fois avec respect et a demandé à être entendu. Alors le roi, par un signe, lui a accordé la parole ; alors, il lui a dit, comme je dois parler je parlerai ; mais avant, je veux connaître mon monde avant de prendre la parole.

D'abord, que tous les membres qui se nomment les représentants de la presse indépendante se rangent de mon côté (il faut dire qu'il était entré suivi de la Presse, qui est une belle femme assez grande ; elle est constamment restée au milieu des indépendants ; il n'y a qu'à la fin que ça a changé de tournure) ; aussitôt, les trois quarts et demi de la presse qui se nomme indépendante se sont tournés du côté du Sauvage, et ont dit : Nous voilà, noble Sauvage ! *Très bien !* qu'il a répondu, restez en repos jusqu'à la fin, et écoutez-moi parler sans m'interrompre ; il y en a qui ont voulu lui baiser les mains, mais lui n'a pas voulu ; il a donné un coup d'œil sur les membres de la presse qui étaient restés près du Roi, il a regardé par toute la salle, a jeté un coup d'œil sur la garde nationale, qu'il a trouvée très bien, il a regardé un moment aux tribunes où étaient les jolies dames, il a encore salué et a commencé en ces termes :

Sire,

Mon devoir, ma conscience, l'amour que je porte à mon roi et à mon pays, m'imposent l'obligation, me font un devoir de venir au pied du trône du Roi des Français lui dire la vérité ; je viens du fond de ma province pour vous le dire, de grands maux menacent la France. Oui, Sire, de grands malheurs s'apprêtent à venir désoler la France.

Le Roi est resté calme. Mais aussitôt, tous les ministres, les fonctionnaires et tous les assistants ont été dans l'affliction et la consternation ; les dames ont été effrayées, la garde nationale, qui par honneur était l'arme bras, a porté armes, et le tambour a battu le rappel.

Mais la presse indépendante a tressailli d'aise, tous ses membres ont fait entendre un petit murmure de satisfaction; il y en a un qui a crié tout fort: «Il y a long-temps que je le savais moi. »

Silence, impertinent! que le Sauvage a répondu d'une voix à faire trembler les voûtes du palais; tu es en présence de Sa Majesté le Roi des Français, tu n'as pas la parole, nous ne te demandons pas ce que tu sais. Ainsi, Messieurs de la presse, ne faites pas tant de bruit avec vos chuchotements, laissez-nous parler un peu, puisque Sa Majesté veut bien nous le permettre, et malheur à celui de vous qui interrompra mon discours!

Après que le plus profond silence a été établi, le Sauvage des forêts s'est recueilli un moment et a commencé son discours d'une voix forte qui ressemblait quelquefois au tonnerre.

Sire,

Salut et honneur à vous et à tous les nobles personnages qui vous entourent, et qui me font l'honneur d'assister à l'audience publique dont m'honore le Roi des Français!

Sire, c'est un Français qui vient du fond de sa province vous montrer le danger qui vous menace et qui menace la France entière. Ce danger, par lui-même, n'est pas redoutable; mais il est très inquiétant; c'est un ennemi rempli d'audace qui paraît formidable, invulnérable; on pense que nulle puissance humaine ne peut l'attaquer de front sans en être écrasé, sans être à l'instant foudroyé par ses innombrables batteries, qui vomissent tous les jours le poison et la mort, qui trouble le repos des nations, remplit les familles d'effroi et de terreur, séduit et entraîne les peuples dans l'abîme par son autorité immorale, illégale, sans loi ni règle auxquelles elle prétend nous assujétir ; elle veut nous tenir ses esclaves et nous forcer à accepter la folie et l'absurdité de ses maximes ; elle veut nous conduire comme de vrais moutons, nous faire paître à sa guise, et nous forcer à méconnaître la voix de nos chefs, ceux à qui nous devons respect et obéissance, ceux qui sont les gardiens et les fidèles interprètes des lois qui nous gouvernent.

Mais moi, le Sauvage des forêts, qui veux être soumis à mes devoirs, en attendant que des moments plus heureux viennent nous consoler de nos maux, je viens lever au pied du trône l'étendard de la révolte, et proclamer mon affranchissement en ces lieux et à la face de la France. Je veux rompre les ignobles liens dont la presse, la liberté de la presse veut nous gratifier, la presse provocatrice, mère des assassins, des calomniateurs, des délateurs, des fourbes, des imposteurs ; je veux anéantir ces formidables vipères, et leur mettre le pied sur la tête. J'appelle à mon aide tous les cœurs loyaux et français ; mais, si personne ne vient au secours du Sauvage des forêts, il suffira à lui seul pour détruire l'hydre.

Mais, avant de commencer l'attaque et montrer la faiblesse de ce cadavre ridé qu'on nomme la presse quotidienne, vous me permettrez, Sire, de vous exposer mes principaux sentiments, ceux que j'ai toujours eus pour votre personne sacrée, et les traits principaux qui pourront vous baser sur mes antécédents. J'espère que tout homme d'honneur et de probité m'approuvera ; car je ne crois être que le fidèle interprète d'un vrai Français.

Je ne suis pas un vil flatteur ; je parle en homme qui sent sa dignité ; je dirai la vérité selon ma conscience, et me montrerai tel que je suis.

J'ai toujours été de l'avis de ceux qui pensent que vous voulez réellement le bonheur de la France, du peuple français. Les sentiments de justice, de générosité, d'humanité, qui se sont toujours manifestés en vous, dans toutes les occasions, me font croire que vous voyez avec douleur les plaies qui rongent notre société et qui atteignent surtout les classes pauvres. Je suis convaincu, SIRE, que si vous aviez le pouvoir de guérir tant de souffrances qui désolent le peuple, vous vous hâteriez de le tirer de ses maux ; car votre clémence, le pardon que vous avez toujours offert à vos ennemis, votre modération, qui a servi de règle de conduite à tous les hommes qui se sont succédé au pouvoir m'est un sûr garant que vous possédez un cœur bon et paternel, qui ne veut pas la perte de ses enfants, mais qui désire tous les sauver, les appeler à une réconciliation réelle et durable entre tous. Je crois, SIRE, que tous les vrais Français imiteront le noble exemple que vous nous montrez, se rendront dignes de leur Roi, en pardonnant, chacun en particulier, à ceux qui pourraient être coupables envers eux ; je le crois, SIRE, que tant de journaux qui ne sont capables que d'engendrer la haine, la discorde et les mauvaises passions, reviendront à des sentiments plus conformes aux vrais principes sociaux ; qu'au lieu d'être le fléau et la perte de tous pouvoirs, ils en seront les dignes soutiens, l'éclaireront par de sages conseils, des remontrances modérées, mais ne se dégraderont pas, en venant injurier un Roi qui a pour lui le bon droit, la raison et la justice ; car, enfin, que peut-on vous reprocher qui soit acceptable? Le malaise de la situation. Ce n'est pas vous qui l'avez faite ; le mal existait avant vous. D'ailleurs, je dirai franchement à vos accusateurs qu'ils y ont contribué pour leur bonne part. S'il y a eu des chandelles brûlées mal à propos, ils ont pu en consommer leur part. Qu'ils commencent à se mettre la main sur la conscience, pour voir si elle est en tout intacte et pure. D'ailleurs, SIRE, ne vous défend-on pas de gouverner? Alors, je dis qu'ils sont inconséquents de vouloir vous attribuer un mal qu'il vous est défendu de faire et que vous ne pouvez pas faire ; car il vous est interdit de toucher à rien. Nous avons des dieux jaloux de l'arche sainte ; n'y portez pas vos regards, ils menaceraient à l'instant de vous foudroyer.

Mais ces dieux si jaloux de leur prérogative, nos honorables représentants, comme nous les appelons en bon français, devraient, ce me semble, je parle toujours comme dans mon pays, ils devraient montrer un peu plus de dévouement à la chose publique qu'ils ne font ; ils devraient, en deux mots, ne pas tant rire, ne pas tant causer, faire beaucoup moins de discours insignifiants, mais beaucoup penser. Par exemple, cinquante hommes de la trempe de Louis-Philippe, qu'on pose là comme un zéro en chiffre, seraient mieux capables de faire marcher la machine gouvernementale que tous les députés réunis ensemble : c'est mon opinion ; chacun la sienne. Il y en a qui diront que je blasphème contre la majesté de la nation; d'autres diront que j'ai raison.

Car vous avez été obligé de lutter contre de grandes difficultés qui auraient pu être facilement aplanies par la bonne volonté de nos dignes représentants; mais il faut défendre ses convictions, ses principes, comme ils disent; il leur est défendu de céder; point de concessions; guerre à mort! tant pis si les affaires du peuple en souffrent, il faut avant tout satisfaire notre amour-propre, soutenir nos principes, défendre l'Évangile; quoi! être plutôt résolu à monter sur l'échafaud, je veux dire à la tribune, vingt fois avant de céder une.

Si la France voulait apprécier à sa juste valeur le mérite de chacun de ses enfants, et donner au plus digne la place que vous occupez; si vous demandiez à la France de choisir parmi ses enfants un homme plus digne, plus capable que vous pour occuper la place que vous occupez; si vous abdiquiez, en disant : Je remonterai sur ce trône, si vous ne trouvez aucun remplaçant, vous y remonteriez, Sire; car la France aurait beau éplucher tous ses grands hommes d'État, elle n'en trouverait point à votre mesure; c'est moi, le Sauvage des bois, qui le dis; elle n'en trouverait point à votre mesure, même parmi ceux qui font un grand tapage, en disant : Nous sommes républicains; nous voulons un gouvernement républicain, nous voulons des lois, des betteraves, du sucre, des haricots, des blés même qui sortent, qui aient poussé sous les auspices des principes et décrets républicains. Nous ne pouvons boire ni manger sans ça; car les arètes de poisson nous étranglent. Pauvre grands hommes de la république! les arètes de poisson vous étranglent. Eh bien ! mes amis, suivez le conseil du Sauvage : ne mangez pas de poisson, ou bien, si vous en mangez, n'avalez pas les arètes. Mais ne vous en prenez pas au gouvernement, qui n'en peut davantage ; ne cherchez pas à le remplacer surtout ; car, malheureux que vous êtes, vous vous plongeriez dans l'abîme ; vous seriez, avant deux mois, tous tordus comme des riottes avec quoi on lie les fagots de bois dans mon pays. Vous tous, républicains à principes, républicains qui êtes cuirassés, bottés, qui portez même le casque des Brutus, des Cincinnatus, des Scipion, enfin tous ces êtres qui avaient la prétention de haïr les rois. Ils avaient le droit de les haïr ; c'était leur devoir de les combattre. Mais vous, nobles Français, qui vous posez les champions de la justice et de l'équité, je vous dis de vous taire ; vous ne voulez nous amener que l'anarchie plus hideuse encore que celle qu'on a vue en 93 ; car vous auriez tous les vices et les passions de vos pères, sans avoir leurs vertus. Non, vous ne valez pas les républicains de 93 ; vous ne feriez qu'une chétive parodie.

Je dirai encore à ces hommes qui n'ont pas honte d'injurier, d'avilir le gouvernement français à la face de la France et aux yeux de toute l'Europe, je leur dirai qu'ils ne retireront pour tout salaire que la honte qu'ils méritent de dégrader ainsi leur nation.

Et je vous dirai à vous, SIRE, que vous êtes le vrai interprète de la France ; que la France repousse les idées de conquête injuste, veut la paix, la paix, rien que la paix ; qu'elle veut soutenir et défendre son honneur, comme le comprend un des grands hommes dont elle s'honore (le vertueux Fénelon), par la justice et la raison, par une sage modération ; qu'elle peut montrer sa puissance ; oui, la puissance de la France peut se montrer aux yeux de la terre, mais non pas pour l'épouvanter, l'effrayer, la couvrir de sang et de ruine, en faisant briller son épée ; mais pour semer partout la concorde, la paix et l'union, proclamer l'affranchissement des peuples, en montrant les symboles de la paix. Voilà l'avenir que vous avez préparé à la France par la puissance de votre volonté ; vous vous êtes soustrait à l'entraînement général ; vous avez voulu la paix des nations ; vous serez le conquérant de la terre, vous pacifierez la terre, vous fermerez le temple de la guerre ; la prophétie se réalisera ; car le Sauvage des forêts est interprète de la prophétie, qui dit :

> Minerve ferme enfin le temple de la guerre ;
> La justice et la paix vont régner sur la terre.

Comment cette prophétie s'accomplira-t-elle, SIRE ? c'est un secret de la Providence que nous ne pouvons pénétrer, mais elle peut se réaliser avant peu ; la puissance de Dieu est infinie, C'EST MA CROYANCE.

Au nom de la France, je vous en prie, SIRE, n'abandonnez pas les rênes du gouvernement, tenez-les toujours avec la même fermeté, conduisez-le toujours sur la voie qui conduit à la paix ; le jour viendra, SIRE, où votre cœur sera complètement dédommagé de tous les dégoûts dont on vous a abreuvé depuis tant d'années ; l'heure viendra, SIRE, et j'espère qu'elle ne tardera pas à sonner, où les Français sauront *rendre justice à leur Roi.*

Je dirai encore deux mots, SIRE, je dirai à vos détracteurs que vous êtes l'homme choisi par la Providence, *l'Elu de Dieu*; que toutes les familles de l'Europe ont à vous bénir, à admirer votre prudence ; que toutes les mères et les épouses françaises ont des vœux à former pour que vous nous soyez conservé; elles ont des actions de grâces à rendre à Dieu de nous avoir envoyé l'homme capable de contenir et maîtriser tant d'éléments de discorde, d'anarchie et de guerre, qui sont renfermés dans le sein de la société. Honneur à vous, SIRE, qui les avez étouffés, par votre patience, par la prudence de votre gouvernement, et honte à ceux qui viennent sans raison et sans motif porter la terreur et la mort au sein de nos villes.

Je ne craindrai pas de vous dire, SIRE, que si, parmi les Français dont vous êtes le chef et le Roi, il se trouve un homme qui ait toujours été fidèle aux lois de son pays, c'est moi.

S'il se trouve un homme qui ait le cœur rempli de douleur, en voyant les mésintelligences et les dissensions politiques qui troublent à tout instant le repos et la sécurité de son pays, c'est encore moi.

S'il se trouve en France beaucoup d'hommes qui ont tout sacrifié, tout exposé, pour assurer et maintenir la tranquillité publique, je ne puis pas m'en vanter, je n'ai pas été soldat et ma vie n'a jamais été exposée; mais j'ai toujours fait mon devoir, quand la circonstance s'est présentée.

S'il y a des hommes sous votre autorité, ennemis de la fraude, de la calomnie et du mensonge, qui comprennent les douleurs de la classe pauvre, qui désirent que leurs souffrances soient anéanties à jamais, soyez persuadé, SIRE, que je fais partie de ces hommes qui ne prêchent que la concorde, l'union et la paix, la soumission à l'autorité des lois, car, je suis un homme du peuple, j'ai senti et supporté les douleurs du peuple, j'ai été élevé par des hommes du peuple et je connais le peuple; il ne demande pas mieux que d'aimer, mais on l'a aveuglé; il faut lui montrer la lumière, lui prouver, le forcer à convenir que vous vous intéressez à lui, que vous voulez son bien, mais qu'il reste paisible, qu'il cesse de vous faire la guerre, que le bonheur ne peut exister pour lui qu'au sein de la paix, de l'union, de la concorde.

Si dans le nombre de vos sujets, car je me fais honneur de m'appeler le sujet du Roi des Français; s'il s'en trouve dont le cœur ait saigné en voyant vos jours exposés et menacés par le poignard de furieux et audacieux assassins, soyez persuadé, Sire, que je fais partie de ceux qui ont tremblé pour vos jours; eh oui! Sire, j'ai tremblé, non seulement pour votre tête sacrée, car un roi, quel qu'il soit, est toujours sacré, mais aussi, pour l'amour que je porte aux vertus civiques de l'homme privé, à votre générosité et clémence royale, mais surtout j'ai tremblé pour vos jours en contemplant la suite non interrompue de désastres qui auraient affligé infailliblement notre belle patrie, si vous étiez venu à nous manquer, si Dieu n'avait protégé visiblement votre vie contre la fureur de vos assassins.

A tant de maux qui rongent la société, cet homme n'a rien vu qui puisse porter REMÈDE que DIEU; il s'est contenté de faire des vœux pour son Roi et pour la France, de cultiver et labourer sa terre.

Depuis quelques jours cet homme a quitté sa province; il a voulu être témoin des fêtes destinées à célébrer un glorieux anniversaire, mais il

en voit les préparatifs avec indifférence, les fêtes
lui font mal au cœur; il dit que la France doit
être honteuse, oui, honteuse, d'accepter les fêtes
que lui offre son Roi, oui, son Roi, lorsque ses enfants, les enfants de la France, des Français,
permettent et souffrent qu'un Roi soit insulté
chez eux, que le Roi des Français soit calomnié,
défiguré par des hommes que je ne puis désigner
que sous l'épithète d'hommes *lâches et sans cœur*,
vil rebut de la société, ne respirant que la haine,
ne soufflant que le mensonge.

Oui, cet homme, à la lecture de certains journaux, a cru rêver en les lisant, en voyant la
dignité royale abaissée par leur mercantile spéculation, jusque dans sa clémence, sa générosité, censurer, critiquer un Roi parce qu'il a accordé, parce qu'il a fait grace de la vie à celui que
la loi et l'arrêt des juges ont condamné. Oh! le sang
m'est monté à la tête, et une larme d'indigna-
tion s'est échappée de mes paupières; je me suis
demandé ce qu'était donc devenu le pouvoir des
lois, ou bien comment sont-elles donc faites,
pour qu'on ne puisse interdire de semblables
abominations. Oh! l'étranger a bien raison de
mépriser la France, lorsque ses enfants souffrent chez eux, et publiquement, qu'on les avilis-
se à ce point en la personne de leur Roi; conduisez-le à l'échafaud s'il le mérite, mais ne l'ou-
tragez pas ainsi. Mais réellement nous tombons
dans l'extravagance et la folie, ma parole d'honneur!

Mais il n'y a donc plus d'honneur en France!
les hommes n'ont donc point de cœur, pour ne
pas sentir de pareil affront.

J'ai deux mots à vous dire avant de retourner pio-
cher mes champs et semer mon blé, à vous, hommes

de la presse quotidienne, qui vous nommez les indépendants. Vous usurpez ce titre, attendu que vous n'êtes que de vils esclaves, conduits, traînés à la remorque par vos passions, oui, par vos passions haineuses, politiques, remplies d'insultantes et effrontées déclamations, qui n'ont pour tout mérite que d'entretenir, satisfaire l'appétit de vos lecteurs, qui n'ont comme vous rien de bon dans le cœur, ou pour distraire le plus grand nombre, qui vous écoute parler parce qu'il n'a rien de mieux à faire, car ceux qui s'occupent de liberté, d'indépendance, savent qu'on ne l'obtient pas par l'injure, la calomnie et l'insulte ; il faut se montrer digne, entendez-vous, sots bavards, pour mériter d'être libre. Il faut commencer à apprendre à obéir, entendez-vous, vous qui rougissez au seul mot de pouvoir ; allez apprendre à commander sous les ordres de votre père et de votre mère, faites comme eux, soumettez-vous aux lois de votre pays avant tout, et n'allez pas mettre le nez à des choses qui ne sont pas de votre compétence.

Travaillez à votre bonheur, à votre indépendance, bien, mais que ce soit une indépendance réelle et non imaginaire, car, ma parole d'honneur, je dis que vous êtes tous atteints d'hypocondrerie ou de maladie imaginaire, si vous me dites que vous n'êtes pas libres, oui, libres d'éviter le mal et de faire le bien en toute circonstance, entendez-vous. Je sors d'un pays où l'on parle franchement et non à mots couverts, je dis à vous qui vous croyez être des hommes de grande importance, parce que vous savez un peu BRAIRE, vous faites le malheur du peuple en nourrissant son cœur de pensées de révolte, vous empêchez le gouvernement de faire le bien du peuple, de s'occuper des intérêts du peuple, car tant qu'il sera obligé d'employer son pouvoir à vous contenir, je vous dis que vous ne ferez rien qui vaille, il ne pourra en résulter aucun bien. C'est moi qui vous parle, le Sauvage des forêts.

Je vous dis, hommes de la presse indépendante, que vous n'êtes pas indépendants et libres ; que vous vous êtes forgé vous-mêmes des fers : commencez à les briser ; vous êtes esclaves de votre sensualité, car vous avez horreur de la vertu ; car je vous dis en deux mots, vous tous qui vous déchirez les uns les autres, qui ne pouvez souffrir la moindre contradiction sans vous mettre furieux et emportés contre vos adversaires, ou même vos propres amis. Je vous dis franchement que vos intentions ne sont pas pures : vous n'êtes pas chastes de corps, d'esprit et de cœur, si vous l'étiez, vous ne vous abandonneriez pas à de pareils excès ; vous ne souffririez pas dans vos journaux des peintures déhontées et impudiques ; vous purifieriez votre langue, et elle ne ferait pas rougir les femmes en les corrompant, en leur montrant le chemin du vice dont vous êtes charmés en secret qu'elles goûtent les maximes.

Je vous dis que vous êtes les corrupteurs de la morale, que vous causez du trouble dans beaucoup de familles ; que vous êtes les auteurs de la perte de beaucoup de jeunes filles, par les ordures dorées que vous jetez en tout sens dans les cafés les lieux publics, les boudoirs, etc. Aussi, selon l'œuvre, la récompense ; vous obtiendrez du fruit de vos nobles travaux la honte que vous méritez.

C'est toujours un homme du peuple qui dit à la face de la terre que vous poussez le peuple à la révolte ; vous entretenez le peuple dans un esprit de révolte contre l'autorité, par une honteuse spéculation, pour vous grandir en importance ; car les vrais intérêts du peuple, je le dis encore à votre BARBE, vous n'y prenez pas un grand intérêt. Savez-vous jusqu'où va votre désinteressement à la cause publique, à satisfaire une mesquine ambition, car vous êtes ambitieux tout comme les autres ; à vous attirer de l'argent, car vous aimez l'argent tout comme les autres , et vous ne faites rien pour rien ; à satisfaire votre amour-propre en grandissant l'importance de vos travaux.

Eh bien ! presse souveraine quotidienne, qui te nommes reine indépendante, quatrième pouvoir de l'état; toi qui gouvernes l'opinion , qui fais marcher les hommes, qui les guides, qui leur ordonnes de penser, de boire et de manger quand ils ont faim, qui commandes à l'ouvrier de travailler s'il veut manger du pain; toi qui guides le laboureur, lui apprends à se lever matin, lui enseigne comment il faut labourer et semer ses terres , je vois, en effet, que tu as une grande autorité ; que les vagues de la mer s'affaissent à ta voix ; que le tonnerre se tait par tes ordres : que tu es libre de distribuer des trônes, des empires, de faire tomber les rois. Je vois tout cela, et je conclus que tu as une grande puissance par l'immense quantité de facteurs que tu mets en mouvement tous les jours ; tout cela est magnifique, mais je te dis, malheureuse reine, tu pèches par la base, et oui, tu ne vois pas. Pourquoi m'as-tu montré tes pieds? tu as des PIEDS D'ARGILE : prends garde, malheureuse! qu'on n'y touche : si tes ennemis s'en aperçoivent, ils vont viser aux pieds, et *crac*, tu tomberas à peu près comme tu as fait tomber Charles X, avec cette différence que Charles s'est défendu; mais, toi, impossible

de te défendre, car tu n'es rien.... Pourquoi ?
Je te dis que tu n'es rien, tu n'es rien. Mais, veux-
tu que je te dise le mot , tu n'es qu'une vile
prostituée; avec de l'or j'obtiendrais de toi tout
ce que je voudrais, en te flattant, je te soumet-
trais à mes caprices. C'est moi, le Sauvage des
forêts, qui n'a pas goûté le poison, qui parle
ainsi, oui, moi, qui peux me flatter d'aimer le
peuple, de vouloir son bonheur; moi, qui me
charge du bonheur du peuple, de dire au Roi
comment il faut s'y prendre pour faire le bonheur de tous; mais, toi, jamais tu ne parvien-
dras à faire pousser seulement un grain de fro-
ment qui soit *sain*, exempt de pourriture.

Tu trouves ma langue un peu rude : que veux-
tu, je suis un lourdeau de paysan qui donne
quelquefois des soufflets à celui qui s'amuse à lui
monter sur le pied, pour se f..... de lui.

Je te défends de me transcrire sur les viles co-
lonnes de tes sales journaux ; ne souille pas mes
paroles en les répétant; ne les souille pas, entends-tu, car autrement tu prendras à faire à un
manant qui ne badine que tout juste : entends-tu,
Presse indépendante ?

Car avec de l'argent je te rendrais calomnia-
trice : je te dirais d'injurier ton roi, tu le ferais ;
je te dirais de manquer de respect aux juges, à
l'autorité, à tous les hommes en place, tu le ferais, la joie dans le cœur, avec plaisir ; tu y trou-
verais du délice.

Si tu voyais les palais et la moitié de la ville de
Paris en feu, tu serais peut-être contente, et ensuite, tu viendrais dire sur un ton très faux, très
hypocrite : Nous avons l'âme navrée de douleur
au récit de tels désastres. Retire-toi de ma pré-

sence, tu n'es pas l'interprète des vrais Français.

Mais je saurai choisir, parmi les rebuts, ce qu'il y a de bon chez toi, car tu as égaré des hommes généreux que je ne veux pas confondre avec les mercenaires ; il y en a qui savent défendre leur droit avec vigueur, mais ils savent respecter ce qui doit être respecté ; ils attaquent et se défendent avec loyauté ceux-là : honneur à eux , seraient-ils d'une autre opinion que la mienne.

J'honore aussi le courage des hommes dévoués au pouvoir ; ils se défendent avec dignité et mesure contre des attaques inconsidérées, déloyales ; ils devraient, suivant mon avis, se poser avec plus de franchise , parler sur un ton plus ferme et plus décidé, sans louange pour les actes du gouvernement, sans flatterie pour le Roi : un homme comme le Roi des Français n'a pas besoin d'encens.

Il faut repousser les violentes et intempestives péroraisons qui entraînent des malheureux à la révolte, font couler du sang , et font leur propre malheur en faisant celui de leurs concitoyens.

Je ne puis me taire sans rendre hommage, au nom de tous les habitants de mon pays, car tous, comme moi, sont les admirateurs de la brave et digne garde nationale de Paris; nous la considérons comme le plus sûr garant de la tranquillité en France, en donnant à tous les concitoyens un noble exemple de dévouement à la chose publique. Je ne suis, il est vrai, qu'un paysan, mais je jouis de la vue du soleil comme un autre, et le tribut de reconnaissance que je paie aujourd'hui part d'un homme franchement dévoué à son pays, qui a toujours désiré la paix et le bonheur de tous. Voilà ce que j'ai cru devoir publier à la face dela France; c'est ce que me commande ma conscience de dire que je repousse, que je suis ennemi de l'injure, de l'insulte et de la calomnie des journaux, et que je ne veux pas être leur complice en les lisant, ni m'avilir en me souillant la vue ; en regardant leur peinture , ignoble caricature, bonne tout au plus à être présentée à des singes , car quels qu'en soient les auteurs ou les compositeurs, je dis qu'ils ont l'âme aussi HORRIBLE que leur ouvrage, car, je le répète, de pareilles figures sont bonnes pour les singes , mais non pour un homme qui respecte ses membres et qui se croit formé à L'IMAGE DE DIEU. Il doit se montrer le digne représentant de Dieu sur la terre, et ne pas souffrir que le chef-d'œuvre de la nature dégénère et soit avili à ce point.

Je parle pour satisfaire aux cris de ma conscience, je sens le besoin de repousser tant de folies qui sortent de certaines plumes et de certains pinceaux, et de les renvoyer d'où elles viennent, car on finirait par croire, dans les pays étrangers , que nous sommes des fous à voir les images et à entendre parler la langue de certains personnages.

Style charivarique.

—

Je vous dis journaux charivariques, puisque Charivari vous vous appelez, que vous remplissez une grande et noble mission, je vous assure; je ne sais si la France parviendra à venir à bout de vous récompenser de votre mérite et de votre immortel dévouement à la chose publique; car ça fait frissonner jusqu'au oreilles des ânes; ce que vous dites si fort c'est beau à entendre, que j'en ai vu vouloir se mettre à genoux devant vous; on dit que vous avez beaucoup de ressemblance ensemble et qu'ils sont vos frères. Oh! alors, je ne m'étonne plus de l'énigme.

Aussi, nobles patrons des journaux corsairiens et charivariques etc., soyez assurés d'avoir une place distinguée dans l'estime du Sauvage des forêts; il racontera vos prouesses, il portera à ses compatriotes des fragments de vos nobles et immortels travaux, et il dira: Voyez, amis, comme dans notre capitale, nous avons des écrivains élégants et distingués; voyez cette chevelure frisée, pommadée; cette coupe d'habit qui se joint si bien au corps; ces pantalons à sous-pieds, il faut les voir marcher, sauter un ruisseau avec élégance sur la pointe du pied; hein? et puis cette urbanité, cette délicatesse de langage, cette manière de vous saluer en vous faisant de petites minauderies, cette manière de vous cajoler aussi. Vois leurs écrits, comme on sait enfoncer le poignard de la calomnie avec des procédés nouveaux, fins, ingénieux, comme on sait farder et cacher le poison pour qu'on puisse le boire sans soupçon ; aussi la victime qu'ils ont immolée n'est jamais vengée, le plus fin alchimiste ne peut en découvrir les traces ; aussi ils marchent la tête haute, fière de leur impunité, ces grands écrivains savent rire, plaisanter, s'amuser à rire de rien... et de beaucoup même, car ils ne craignent pas dans leur badinage de mettre en jeu ce qu'il y a de plus sacré.

Ah ! voilà ce qu'on s'arrache des mains pour voir ce que les nobles dames de la grande ville aiment à lire. Oh! dans ce pays, les femmes sont libres ; vois-tu, que je leur dirais : elles savent lire tout comme les hommes ; elles ont des jolis boudoirs, de beaux sofas, et s'amusent à lire les gentillesses que leur débitent à profusion des petits messieurs bien fardés, qui savent faire la révérence bien comme il faut, qui récitent des jolis compliments, comme à peu près le perroquet qui est là-haut sur la perche de notre grenier ; il faut bien ça pour leur faire passer le temps. Car on dit, c'est le bruit qui court, comme ça je ne sais pas si c'est vrai, je n'ai pas été voir, mais on dit. on dit seulement, entendons-nous, camarade, je dis donc qu'on dit que les Parisiens ne sont pas forts sur l'amour; ils s'amusent par-ci par-là à bétiser avec des gueuses, qui courent les rues, et voilà qui est fini, ce n'est pas juste au moins ça; leur pauvre femme cependant, le temps leur dure ; on dit que de leur côté, elles ont des racrocs, j'en sais rien, je n'ai pas été voir, je parle comme tout le monde.

Je reprends le fil de mon discours ; je dis donc, vous, journaux, qui vous occupez à de si belles choses, que vous êtes la vrai lèpre qui afflige la société et qu'il faut la détruire, NI UNE NI DEUX, je me charge de la besogne en un seul jour, et vais vous faire pousser des cris de lamentation. Je vous pose le défi, je vous donne à tous des soufflets, je dis que vous êtes des LACHES et que vous ne méritez pas la corde pour vous pendre, et je vous défends de me répondre. Si vous avez quelque chose à me dire, traduisez-moi devant les tribunaux; là, je vous répondrai en face de la justice, vous verrez qui vous aurez pris à faire, entendez-vous; vous qui n'êtes pas contents que le Roi ait fait grâce de la vie à un homme qui allait être guillotiné. C'est au nom de cet homme que je parle, il est très content et en remercie le Roi des Français.

Mêlez-vous de vos affaires, hommes politiques, et laissez gouverner les hommes du gouvernement d'après leur sagesse, et n'y mettez pas tant le nez, entendez-vous, allez plutôt apprendre à vos femmes à faire des enfants, si elles ne savent pas en faire : peut-être que vous ne valez rien, c'est pourquoi. Eh bien ! si vous n'êtes bons à rien, laissez-nous donc la paix à nous autres ouvriers et laboureurs qui ne demandons que la paix et la tranquillité.

Vous trouvez que je vous conduis vigoureusement, que voulez-vous chacun à son tour, vous avez eu le vôtre, vous vous êtes bien divertis. Eh bien ! vous devez être contents, je l'espère; il fallait ne pas faire tant les arrogants et insolents, user du don de la parole avec sagesse et mesure, suivre le chemin de la raison et ne pas courir bride abattue tout espèce de sentier comme vous avez fait, et vous ne vous trouverez pas égaré maintenant à ne savoir où donner de la tête. Qui

cherche le mal trouve, on dit chez nous ; tenez,
je vais faire une comparaison : Je suppose, je suppose bien entendu, qu'un de vous, lequel qu'il
soit, n'importe, s'amuse à SEDUIRE une fille, et
lui fasse prendre le chemin qui conduit, vous m'entendez ; cette fille, vous comprenez, une fois arrivée à ce point, ne pourra plus se revirer sur ses
pas ; elle sera obligée de rester où elle est. Or
donc, vous comprenez que cette fille, qui est très
belle par elle-même, tant qu'elle sera fraîche et
délicate, qu'elle saura plaire, rien de mieux,
tout ira à merveille ; pour elle, elle recevra bien
de temps en temps quelques chiquenaudes ; mais
il ne vaut pas la peine d'en parler ; mais ensuite, il
peut se présenter des individus assez butors pour
lui donner des soufflets, ou quelques autres gentillesses de cette trempe-là ; cette fille, dans la
position où elle se trouve, vous comprenez, ne
peut pas seulement se plaindre, elle est obligée
de tout endurer pour l'amour de Dieu. Or donc,
je dis que si elle va se plaindre auprès du juge,
ou qu'on lui a donné un coup de pied dans le
ventre, (etc.,) ou tout autre cadeau, que je ne dis
pas, le juge lui rira au nez et lui dira : Ma bonne,
j'en suis bien fâché, mais voilà, il fallait pas vous
exposer à ce désagrément.

Eh bien ! toi presse indépendante, que je nomme prostituée, parce que tu es le fléau le plus
immoral que je connaisse, qui soit apparu sur la
la terre, depuis les plaies d'Egypte, car tu es
pire que les sauterelles, elles ne dévoraient que
l'herbe ; mais toi, tu t'attaques à tout ce que tu
ne peux pas manger ou avaler, tu empoisonnes ;
je dis donc, belle et grande reine, que nous sommes convenu de nommer, vous m'entendez.

Vous avez d'abord été jeune, ensuite belle ;

dans la fleur de votre âge, vous avez attiré tous les regards, vous avez enivré de bonheur tous vos adorateurs, ensuite l'âge mûr est venu, le déclin ensuite. Vous êtes devenue rêveuse en voyant des déserteurs ; et maintenant, je vois avec douleur que les rides de la vieillesse chassent vos amants, tes plus fervents adorateurs ont peine à te supporter ; s'ils sont encore de temps en temps à tes genoux, c'est qu'ils ne trouvent rien de mieux ; tu commences même à sentir une certaine exhalaison putride qui n'annonce rien de bon, et il serait à craindre pour ta fin prochaine ; mais rassure-toi, ex-reine, ton cadavre est fortement constitué, on a encore l'espoir de prolonger ton existence pendant quelques jours, peut-être quelques mois, que sait-on ; qui vivra verra, comme dit le prophète. Ainsi, profite de mes avis pour mettre ordre à ta conscience et régler ta succession, si toutefois il te reste encore quelque chose qui en vaille la peine.

Pour en revenir, ma pauvre presse indépendante, il est permis à tous de t'injurier, de te battre comme je fais présentement, de te donner des coups de marteau sur la tête, sans qu'il te soit possible de te défendre ; cela est impossible, une faible femme comme toi contre un Hercule sauvage comme moi. Oh ! tu n'y es pas, mon amie, rends-toi, tu feras mieux, mets-toi à genoux, fais ton acte de contrition, demande pardon très humblement au Roi, pour toutes les avanies que tu lui a faites ; c'est un brave homme, il te fera grâce, il t'invitera même à dîner avec lui et moi, et nous mangerons tout de même de bon appétit, nous boirons du vin de son crû, des fruits de ses jardins, et tu verras que tout ira bien, quand nous serons réconciliés. Tiens, relève-toi, que je t'embrasse, mon amie, au moins, je vois que tu n'as pas de rancune; aussi, nous allons partir ensemble, pour mon petit cabanon; je retrouverai mes deux jolis bœufs qui ne seront pas fâchés de me revoir, car ils m'aiment beaucoup. C'est moi qu'ils préfèrent pour les étriller, aussi, je leur secoue la poussière comme il faut; tu verras comme ils sont forts, quand je les ai bien fait manger leur sou, ma bonne presse. Allons, tu m'accompagneras, tu prendras l'air de mes montagnes, ça te purgera le cerveau, car tu dois l'avoir bien délabré; tu entreras en convalescence et tu rentreras dans ta ville natale, toute fraîche et gentille. Veux-tu faire ce marché? petite presse indépendante, dis-moi; j'aurai bien soin de toi, je te donnerai un bon lit. Tiens, si tu veux, tu seras ma femme, je n'ai pas été encore marié; voyons, ça te convient-il, ne sois pas aussi taciturne que tu es; que tu es imbécile, tiens, je ne te croyais pas aussi sotte que tu es; ma parole d'honneur! je te croyais un peu plus de raisonnement que tout ça; on disait dans le pays que tu savais si bien parler et tu ne sais rien dire; mais diable, je t'effarouche donc avec ma grande barbe de singe, je m'en vais la couper, veux-tu que je la coupe? C'est peut-être la peau de lion que j'ai sur le corps, qui te fait peur. Oh! pour cette peau, j'y tiens, vois-tu; elle fut donnée à mon grand-père, le jour de ses noces, et c'est moi qui en ai hérité, parce que c'est moi qu'il a le mieux aimé; aussi je tiens à la conserver, ma petite presse, tes mains sont bien délicates, il est vrai, elles ont toujours été à l'ombre; bah, ça ne fait rien, en travaillant un peu, elles deviendront dures, et tu ne trouveras pas si rudes les miennes.

Je vais te proposer un marché, si tu veux ; comme ton nom me flatte beaucoup, presse indépendante, soutien de la gloire, de l'indépendance de la France, j'y suis, nous allons nous marier ensemble, tu vois que je ne suis pas vieux, tel que tu me vois ; je n'ai encore que soixante-dix-sept ans et sept jours. Je suis un peu plus vieux que toi, car tu me fais l'effet d'une fille de vingt-cinq ans ; mais c'est égal, ça ne nuit pas quand l'homme est un peu plus vieux, d'ailleurs moi je suis d'une bonne race, et je suis encore à la fleur de mon âge ; alors taupe là, réfléchis, je te donnerai quelques jours pour t'apprivoiser à ma figure ; je n'ai pas la mine d'un fashionable, avec des corsets et des faux-mollets. Chez moi c'est tout au naturel, sans complément ; je puis me flatter de pouvoir aimer une femme aussi bien qu'un autre.

Tu ne réponds rien ; ah ça voyons, est-ce que tu vas grommeler à présent et te mettre à pleurer. Eh ! oui, tu pleures, mais tu as donc de grands chagrins, ma pauvre presse indépendante. Tiens, mon amie, raconte-moi tes douleurs. — Aie..... aie..... — Oui, — Je te les di..... i..... rais... Tu me traites le plus bas que terre ; savoir si je le mérite, moi ; si j'en peux davantage, si je n'ai pas été obligé de faire comme ils ont voulu. — Comment donc, ma petite presse, raconte-moi donc le sujet de ton chagrin.

— Ah ! oui, il y a bien de quoi, je crois. C'est bien eux qui ont fait tout le mal, et à présent c'est moi qui vais tout porter sur le dos. Hein... hein... Je leur avais bien toujours dit... i... i... qu'ils me faisaient faire, à moi faible femme, tout ce qui leur passait par la tête ; j'étais obligée de me soumettre à toutes leurs extravagances, ils me tournaient à toute sauce. Je leur disais bien quelquefois que le Roi ne leur faisait point de mal, et qu'ils n'avaient pas raison de le vilipender comme ils faisaient tous, les imbéciles qu'ils sont; ils me faisaient faire des enfants qui n'avaient ni cul ni tête, et encore ils me donnaient le fouet; ils disaient que j'en étais la cause. — Oh! les méchants! Ensuite ils me tiraient chacun à leur manière; ils voulaient tous avoir raison, et quelquefois ça faisait un tel tapage, que ça faisait sauver tous les rats des environs. — Oh! les sots qu'ils sont tous! Traiter ainsi une si gentille femme que toi; mais ils deviennent donc FOUS? — Oh! je crois bien qu'ils le deviennent; j'en ai bien la preuve en mains. Si je veux je les ferai bien tous mettre à Charenton, pour leur apprendre, comme tu dis, mon bon Sauvage, car je commence à m'habituer à tes airs. Ils m'ont prostituée en effet, LES INFAMES je m'en aperçois bien maintenant; aussi, mon bon Sauvage, je ferai tout ce que tu voudras. Je vais t'obéir; je demande pardon au Roi des Français, ainsi qu'au peuple, pour le mal que j'ai pu leur faire à tous, et les prie de me pardonner. Je t'obéis, à toi qui veux me rendre l'honneur en me prenant sous ta protection. Je serai contente d'avoir un homme comme toi pour époux.

Qu'ils viennent maintenant! Tiens, si je vois celui qu. m'a le plus déguenillée, je lui crache à la figure. Je crois que je ne pourrai pas m'en empêcher. — Oh! un moment, petite, pas de courroux; ne leur dis rien, laisse-les faire, attend qu'ils viennent nous attaquer, ils trouveront un homme qui leur relèvera la moustache... Mais, ma gentille presse, je ne te croyais pas si belle, au moins bigre , à présent que tu es dans ton négligé. Oh ! mes amis seront - ils contents de te voir arriver ; ils vont me venir au devant : « Et tiens, ils vont dire, Pierre le Sauvage, tu as bien fait une gentille trouvaille dans ta gambade ; est-ce de Paris que tu amènes cet oiseau-là. Dis - donc , l'ami , tu ne seras pas jaloux si je viens à l'embrasser quelquefois en passant. — Eh ! nigauds , que je leur dirai, je vous ai bien dit que tout ce que j'ai est à votre service. Fais tout comme tu voudras ; si elle veut t'embrasser , tant mieux pour toi ; au contraire , ça me fera plaisir. Tiens, femme , que je te dirai , embrasse Paul ou Jacques , ou tous si tu veux, pour ne pas faire de jaloux , si ça te convient cependant ; oh ! je ne suis pas de ces cornichons de la ville qui ont peur de perdre leur femme, qui voudraient toujours là à être à dire , qu'est - ce qu'elle fait ou ce qu'elle vient, combien est - elle restée ; tout ça de franche nigauderies, foi de Sauvage ! Bah ! dès le moment qu'elle m'a dit : je te serai fidèle, ça suffit femme ; taupe là , moi aussi , l'amie, et voilà qui est fait et dit ; et puis , vois-tu, il ne faut pas trop l'effaroucher ; c'est une pauvre enfant , c'est une pauvre enfant qui a eu beaucoup à souffrir depuis quelque temps ; on lui faisait supporter tout le mal sur ses petites épaules, qui, comme tu vois, sont un peu martyrisées, et cependant elle ne faisait que le mal qu'on la forçait de faire, et moi qui croyais qu'elle avait tort, aussi je l'ai bien maltraitée, crédienne , quand j'ai vu comme on traitait ce brave homme de Louis-Philippe, notre roi, comme les vauriens de journaux le vilipendaient. Ces bougres, j'ai dit : avant de me rentourner, il faut que je leur donne une leçon qui ne soit pas piquée des vers, et qu'ils apprennent à vivre à leurs dépens.

Mais, ma petite presse indépendante, c'est-à-dire il ne faut plus t'appeler comme ça, tout bonnement mon aimable presse ou ma petite amie, je veux dire que, pendant les mémorables journées de juillet, on ne t'a pas beaucoup donné à manger. Pauvre enfant ! tu dois avoir faim, au moins. Tes bourreaux, quand ils sont partis pour voir les ballons et entendre le tapage du feu d'artifice, qu'ils vont tout de même voir, quand même c'est le Roi qui paie, auraient dû te mener, au moins, par galanterie, pour te faire voir comme c'est beau. Mais je n'aurais pas pu faire ta connaissance, et je n'aurais pu t'arracher de leurs mains crochues sans te déchirer. Mais, maintenant que je te tiens, qu'ils viennent te chercher, ils trouveront un bouledogue d'une drôle d'espèce qui les fera sauver rien qu'en aboyant ; et, pour te récompenser de ce que tu n'as pas été voir le feu d'artifice, ma bonne presse, que tu es restée avec moi le jour de nos noces, je veux t'en façonner un joli à ma manière ; tu verras si mes fusées produiront de l'effet.

En attendant, puisqu'on ne t'a encore rien donné à faire ce matin, ni à manger, je vais te chercher à boire et à manger ; tu me copieras ça bien proprement sur du joli papier, avec tes belles mains, et, pendant ce temps, je vais faire mon paquet pour partir pour le pays ; mais avant il faut dire deux mots d'adieu au Roi des Français.

Sire, je vous demande pardon si en votre présence je me suis servi de formes grotesques et peu polies pour rendre mes pensées ; vous savez qu'un paysan, lorsqu'il veut parler avec véhémence, est obligé de prendre son langage naturel et montrer ses sentiments tels qu'il les sent, sans aucun fard, car s'il les voile il ne pourrait exposer sa vraie pensée; alors, il vous tromperait, mais comme il ne veut rien dissimuler, il vous prie de l'excuser. J'ai pour moi la justice, et la raison pour guide ; si ma parole est mordante et sévère, c'est que le mal est fort et puissant : un bon médecin doit donner le remède selon l'état du malade ; si elle attaque les vices de la société, elle respecte et n'atteint pas les hommes. Quiconque s'offensera de ma parole, je dis que c'est un être vicieux : la preuve, la preuve que lorsque vous présentez un verre d'eau à celui qui est atteint de la rage, il recule d'horreur, et cependant il a bien soif. Cela prouve que l'eau est l'antipode de la rage, et que le mensonge et la folie sont les antipodes de la vérité et de la raison, et que si je vous montre la vérité pendant que vous serez en état de mensonge, vous en aurez horreur, quoique ce soit chose excellente et salutaire.

Car je n'insulte pas les hommes; bien loin de là, je ne désire que leur bien, ce n'est que dans leur intérêt que je m'amuse à gribouiller ce papier; ils en feront ce qu'ils voudront: qu'est-ce que cela me fait? Quand j'aurai fait mon devoir, je ne m'inquiète guère du reste; quand je me serai fait justice de l'insulte qu'on m'a faite et de l'outrage que l'on m'a jeté devant le nez en me montrant leur sales caricatures, nous serons quittes; ils n'auront plus qu'à laver les taches qu'ils ont faites sur mon bel habit de fêtes; je leur ferai payer les frais de dégraissage.

Je somme donc, sans ministère d'huissier, car celui qui tient à s'acquitter de sa dette n'a pas besoin de gens de loi pour le faire marcher, l'honneur suffit. Je fais sommation et ordonne, au nom du Roi des Français et en mon propre nom, à tous les membres de la presse indépendante, de tous les drapeaux de toutes les couleurs, de toutes les catégories, divisions et sous-divisions, depuis le plus petit jusqu'au plus grand, les jeunes et les vieux, le savant comme l'ignorant, le spirituel, l'intelligent, le violent, le patient, le laborieux, le fainéant, le sot, etc., etc., etc., et autres catégories dont la dénomination serait trop longue, je leur ordonne tous, soit républicains ou jacobins, ou girondins ou trappistes, bonapartistes, charivariques, figaroristes, corsairistes, anabaptistes, constitutionnels, doctrinaires, exaltés, modérés, jésuites, nuancés ou bariolés, n'importe de quelle couleur, pourvu que cela ait la figure humaine, c'est tout ce qu'il faut : tous les susnommés sont tous cités à comparaître en un seul local qu'ils désigneront, à leur choix, dans une salle assez vaste et capable de les contenir tous; si toutefois aucun local ne peut suffire, ils se réuniront sur la place de la Concorde, si leurs pensées sont à la paix ; si le thermomètre est à la guerre, alors ils défileront tous, tambours en tête, enseignes et drapeaux déployés, au Champ-de-Mars. Arrivés là, si toutefois c'est le lieu qu'ils choisissent pour leurs réunions, ils s'occuperont de choisir un président qui ne pourra être pris que parmi les administrateurs du doyen des journaux, *le Constitutionnel*, je crois; à défaut, nous désignerons le directeur en chef des *Charivaris* ou ses collègues, ses frères de lait. Que tout se passe dans le silence et l'ordre le plus parfait ; point de mutisme. Le président installé donnera lecture à l'assemblée des griefs que nous avons à leur reprocher, au nom de tous les Français, et ordonnera qu'une députation, choisie parmi les plus imposés en

fautes de toute espèce , vienne très humblement prier le Roi, au nom de tous leurs collègues, de leur faire grâce et leur pardonner, et
supplier Sa Majesté qu'elle veuille bien intercéder pour eux auprès de la France, aux yeux
de laquelle ils s'avouent être très humblement
coupables du crime de LÈSE-NATION. Cette opération faite, le président fera répartir, et au marc
le franc , selon les moyens d'un chacun, la cote
juste et raisonnable qui nous est nécessaire pour
suffire à payer les frais de dégraissage de l'habit
qu'il m'ont maladroitement taché ; la somme ne
pourra être moindre de 000000000 et ne pourra
dépasser un million, sous peine d'amende et de
prison. L'atelier chargé de ladite réparation est
situé   rue Saint - Sauveur ; on demandera :
— l'imprimerie du Sauvage, où est-elle? On répondra : — Ici, dans cette allée.

Que cela se fasse selon que je l'ordonne ou, autrement, nous prendrons des mesures plus actives et plus sévères pour avoir prompte obéissance.

Par exemple, je vous enverrai un petit chien
rouge qui mordra vos petits enfants, ou bien des
grosses puces, de toutes les couleurs, qui empêcheront vos femmes de dormir , ou bien des
rats qui mangeront vos chats, ou bien des crocodiles qui sauteront par le tuyau des cheminées
quand vous serez près de vous mettre à table, ou
bien un tremblement de peur qui fera tomber
votre pipe de la bouche quand elle sera éclairée,
ou bien de gros tonnerres qui feront venir la
pluie quand vous serez en promenade sans parapluie ; enfin toutes sortes de niches : j'irai jusqu'à aller vous trouver dans votre lit, quand vous
serez couché avec votre femme, pour vous faire
peur avec ma peau de lion.

C'est comme l'autre qui disait que moi et une
bête ne font qu'un, rien de plus juste, le Sauvage
est une vraie bête brute, il n'y a pas moyen de
l'adoucir; cent mille quintaux de sucre de betteraves ne le rendraient que plus amer, mais une li-
vre de bon sucre de la Martinique pourrait l'a-
doucir; car, il faut réellement que les Français
aient perdu la tête de s'amuser à faire du sucre,
mais plutôt de la drogue; car je finirai par ne
plus en manger, tandis qu'ils ont tant autre chose
à faire : par exemple de l'excellent blé, il n'y en
a jamais de trop : du sucre il y en a plus qu'il n'en
faut; la preuve, on a manqué à se battre, l'autre
jour, à la chambre des députés, pour savoir celui
qui le vendra , ou le nègre, ou le Français. Oh!
si je n'avais pas eu peur de faire du scandale, j'aurais monté à la tribune; je me serais expliqué
drôlement sur la question :

— Mais vous ne prenez donc pas les intérêts
des Français? Et toutes ces pauvres sucreries,
que deviendront-elles? Imbéciles que vous êtes
tous! que je leur dirais : que les propriétaires des
fabriques de sucre falsifié, qui ne vaut pas seulement la peine d'être mangé, se mettront à faire
quelque chose de meilleur : ils feront du bon blé,
qui fera de la bonne farine, qui fera du bon pain
et qui nourrira quantité d'individus qui n'ont
pas besoin de manger du sucre pour s'abîmer le
sang et l'estomac, tandis qu'au moins, ils pourront manger du pain à leur volonté. S'ils viennent encore pleurer à la chambre que leur su-
crerie tombe en déconfiture, envoyez-les promener de ma part ; dites-leur à tous, en bon
français, afin qu'ils le comprennent, qu'ils s'a-
musent à semer plutôt du chanvre, du lin pour
nous faire des chemises qui vaillent davantage

que celles qu'on fait avec du coton ; je suis sûr qu'ils trouveront toujours le débit de cette denrée-là ; mais le sucre, s'ils continuent à en faire, vous allez voir qu'on finira par ne plus en manger. D'ailleurs, je les accuserai du crime de concussion ; ils dérobent le travail des pauvres frères d'outre-mer : qu'ils leur laissent l'ouvrage qu'ils ont à faire : qu'ils ne s'en mêlent pas, s'ils s'en mêlent, je dis qu'ils sont des cornichons ; qu'ils ne comprennent pas les intérêts de la France, ni le leur, et je défendrai à tout bon Français de manger de leur sucre, et puis voilà , ah! ah! Il faut bien parler un peu rudement à cette marmaille qui vient embêter nos députés, avec ses lamentations qui n'ont ni sens ni raison, savoir si les députés n'ont pas autre chose à faire, pour aller s'amuser à des bonbonneries qu'on pourrait parfaitement supprimer. Il y en a beaucoup qui vivraient cinq et même dix ans de plus, s'ils ne mangeaient pas tant de cette drogue. Vive le sucre des colonies ! A bas la betterave ! Faites la manger à vos bœufs, ça ne leur fera pas mal : si vous en avez de trop, n'en semez pas tant. Je vous commande, aujourd'hui, cinq cent mille boisseaux de blé à chacun de vous tous ; quand ils seront mesurés, je vous en commanderai autant, ainsi de suite, jusqu'à la fin du monde, car elle finirait par venir si nous tombions dans de telles extravagances.

Quand je vous dis, mes pauvres fabricants de sucre postiche, que je suis une brute, mais ce qui s'appelle bête brute. Tenez, vous feriez venir toutes les limes qui sont sur la surface de la terre, que vous ne parviendriez pas à polir le bout de mes ongles. — Pourquoi? parce que je ne voudrais pas vous laisser faire, et vous don-

nerais à vous tous, tant que vous êtes, des soufflets à vous faire culbuter dix pas devant moi.
C'est qu'il y a du nerf chez lui, voyez-vous. Rien
qu'avec son souffle, il se charge de renverser
une armée de cent mille hommes cul sur tête à un
seul signe. Je vous dis que c'est pire que Goliath,
le Petit Poucet ou Gargantua. Je crois que je
suis le fils de Gargantua. On dit que j'ai beaucoup
de ressemblance avec mon frère, qui était aussi
un secoue-montagne. Figurez-vous que le jour
qu'il est mort, il a fait trembler la terre. Oh!
c'est un être! vous êtes bien heureux qu'il ne soit
pas venu dans votre pays, il vous aurait réduit à
la famine. Pour en revenir, l'être qui vous parle,
c'est un vrai diable. Ah! ma bonne presse, tu es
bien heureuse d'en être quitte à si bon marché;
heureusement pour toi qu'il t'a attaquée dans un
moment de bonne humeur, pour badiner et plaisanter. Ah! s'il avait été seulement rien qu'un
peu en colère, je suis sûr que toutes les dames auraient pris peur, se seraient sauvées, sans penser
à prendre leur chapeau, Je te préviens de tout
ça, ma chère presse, afin que tu ne t'avises pas
de le mettre en colère, et de le laisser dormir surtout; car, quand on le réveille, c'est pire que les
cinq cent mille diables; on dirait que la fin du
monde va arriver, si fort il tempête; il fait des
pas qui ont une longueur qu'il n'y a pas moyen
de les mesurer, et on dirait qu'il ne touche pas la
terre; il prend les oiseaux au vol. Une fois, il
était en voyage sur les montagnes de la Savoie;
il avait faim; il y avait un jour qu'il n'avait pas
mangé seulement deux livres de viande; voilà
qu'il voit venir un lièvre; il l'a plumé habile-
ment, va; aussi le lièvre ne demanda pas son
reste; il eut tellement peur que je crois qu'il
court encore.

Tu es bien heureuse au moins, ma charmante petite presse, de ne pas lui avoir mis le pied sur la queue ; car je crois que tu serais ensevelie maintenant au fond des entrailles de la terre. Ce serait dommage ! et je n'aurais pas le plaisir, à présent, de t'appeler ma petite femme, mon amie. Tiens, veux-tu m'embrasser ? A la bonne heure ; la paix soit faite pour l'éternité !

Maintenant, si tous les déchiqueteurs qui morcelaient tes beaux habits, qui t'arrachaient les cheveux, qui voulaient t'embrasser malgré toi, qui te prenaient les tétons malgré ta volonté, ou qui te faisaient cinquante contrariétés que je n'ai pas besoin de dire ; si tous ces impertinents veulent te parler, donne-leur ton adresse, en leur disant : Vous pouvez venir tous rendre visite à mon mari ; c'est un bon enfant, pourvu qu'on ne le contrarie pas ; il est assez bon diable. Il a la figure un peu rustique, il est vrai ; mais on s'habitue bien à tout. Vous avez des ours là-bas dans le jardin ; vous allez bien les voir quelquefois ; je crois que mon mari vaut bien autant qu'un ours. Voilà comme tu leur diras, femme ; entends-tu ? Et puis tu me vanteras un peu ; tu diras que je commence à me polir, que tu es déjà parvenue à me couper mes grands cheveux, qui ressemblaient à des poils de bouc ; que je commence à prendre des petites manières assez gentilles auprès de toi ; que je ne ferai jamais, que je crois, un vrai dandy ; mais que tu pourras faire de moi un homme à la mode. Tu diras, par exemple, aux femmes, pour qu'elles n'aient plus peur de moi, et qu'elles ne me prennent pas pour un mauvais sujet, tu leur diras que je t'aime beaucoup. Oh ! pour ça, c'est la vérité, vois-tu ; je t'aime. Ah ! mais les femmes ! mais les femmes !

mais ce sont toutes des anges ; je les aime toutes, depuis la première jusqu'à la dernière, je les trouve toutes jolies, plus ou moins ; mais je n'en ai pas encore vu une laide. O femme ! n'aie pas peur ; je te dis ça parce que j'y pense ; mais l'honneur est là, vois-tu ; car est-ce que Notre-Seigneur ne nous a pas ordonné de toutes vous aimer ? Eh bien ! tu vois que je fais mon devoir. Oh ! quand même, je suis sauvage ; ça ne fait rien ; mon grand-père était catholique, et mon père et ma mère aussi. C'est ma mère qui m'a appris ma prière. Oh ! la bonne mère que j'ai ! si tu savais, qu'elle est bonne ! Ah ! ma pauvre femme, elle est dans le cas de t'aimer encore plus que moi ; tiens, j'en serais peut-être jaloux. Ah ! vois-tu, c'est que je lui ai fait quelquefois des contrariétés à cette pauvre mère ; quelquefois elle me disait d'aller à droite, et pan je marchais comme la tête me tournait, et j'allais à gauche. Enfin, que veux-tu ? quand on est jeune, on n'est pas toujours raisonnable.

Aussi, ma pauvre mère doit être en peine de moi ; je ne lui ai pas même dit que je partais ; elle n'aurait peut-être pas voulu me laisser faire un aussi long voyage. Oh ! je suis en peine d'elle. Vous êtes tous bien flattés que je parte ; je ne vous ferai plus peur. Adieu, ma petite presse. Jusqu'à ce que je vienne, pour que tu n'aies pas peur des mauvais sujets, tes anciennes connaissances, je vais te mettre sous la protection de la Reine et du Roi des Français. Ainsi, adieu à tous. Je dirai encore avant de partir que, si ma parole peut faire entendre raison à quelques-uns des insensés à qui je parle, et leur inspirer des sentiments plus nobles, plus dignes, plus en harmonie avec la grandeur et la majesté de l'homme

qui doit se montrer digne d'être roi sur la terre,
mais qui, pour ça, ne doit pas s'avilir ni se dégrader, en souffrant qu'on le parodie à la ressemblance des singes et des animaux immondes; si,
dis-je, leurs cœurs apprécient et comprennent
leur dignité à ma parole, alors je serai assez payé
de ma petite peine.

Si, au contraire, le mal est tellement enraciné,
qu'il soit incurable; si je n'ai parlé qu'à des ago-
nissants ressemblant à des cadavres prêts à rendre le dernier souffle de vie, je dirai : La volonté
de Dieu soit faite! J'ai fait le devoir que ma conscience m'impose; j'ai montré le *crapaud;* restez,
couchez dessus, si vous voulez; quant à moi, je
retourne dans mes terres.

Pour vous, si vous aimez à vous nourrir l'esprit et les yeux d'ordures; si vous aimez à enfoncer vos beaux habits dans la boue pour les faire
pourrir avec vos membres, que votre volonté
soit faite et non la mienne! je vais me laver les
membres du corps, prendre une chemise blan-
che, enfiler des culottes de bourras, et j'irai labourer mes terres.

Mais, ici, écoutez donc, les amis..... Avant
que je monte en voiture, encore deux mots, s'il
vous plaît, mais à l'oreille.

C'est à vous, petits esprits bien élégants dans
la manière de prendre la cravate ou de faire de
gentilles phrases à l'équerre, bien mesurée, de
manière qu'elle ne soit pas d'une ligne plus longue l'une que l'autre, vous me faites du mignon,
du gentil; mais ça ne vaut pas la grosse char-
pente. Je te taille ça à coups de hache, sans y
passer le rabot; mais aussi c'est solide. Quant à
votre ouvrage, je vais y souffler dessus, et crac
tout s'écroule et tombe en morceaux; c'est que

vous ne connaissez pas le secret de la cheville ouvrière ; allez l'apprendre, et puis je vous montrerai comment est bâti un hommes ; car je ne vous considère pas comme homme, encore moins comme femmes ; je crois que vous êtes rien du tout. Travaillez donc à devenir quelque chose en mon absence, pour que je puisse faire quelque chose de vous quand je reviendrai.

LE SAUVAGE DES FORÊTS.

NOUVELES D'AUJOURD'HUI,

REÇUES PAR VOIE EXTRAORDINAIRE.

On lit dans le *Courrier de Londres*, journal arrivé à sept heures et demie du matin par voie extraordinaire.

« La presse de Paris, la grande et bonne de Paris, la presse indépendante, le soutien et l'honneur des écoliers en médecine et de ceux qui charcutent la chair humaine, et les apprentis plaideurs, disputeurs, querelleurs, faiseurs d'embarras et diseurs de peu de chose, vient de recevoir un échec EPOUVANTABLE; on a beau parcourir tous les fastes anciens et modernes de toutes les histoires qui racontent les grandes catastrophes, on n'a rien pu trouver qui puisse seulement approcher de l'effroyable déconfiture dans laquelle sont tombés les éternels défenseurs des droits immortels des bavards.

Aussi tout Paris est dans la consternation. A quatre heures du matin les boutiques étaient encore fermées, une foule immense de pavés couvraient les rues, et étaient à se demander si point de voitures ne viendraient les écraser ce jour-là. Dès que les temples ont été ouverts, toutes les saintes femmes qui s'intéressent à la véritable bonne presse indépendante étaient agenouillées aux pieds des autels; la consternation était générale. Le sucre de *betteraves*, surtout, est aux agonies; on prétend qu'il ne pourra pas s'en sortir; on s'occupe déjà de savoir comment on célébrera ses funérailles. On prétend que tous les grands dignitaires de la couronne y seront invités par lettres de *convocation* à domicile. C'est une attaque d'apoplexie foudroyante qui le conduit au tombeau; on prétend qu'il y était prédisposé depuis long-temps, et que le cœur surtout n'était pas dans son état normal.

L'épidémie qui désole les saintes presses de Paris est hideuse à voir; elle attaque tous les membres, les paralyse; le crâne cérébral, les boyaux se tordent comme des serpents, de sorte qu'il n'y a plus moyen de digérer quoi que ce soit, pas même une cuisse de poulet ou un verre d'eau sucrée à la betterave.

PROCLAMATION

DE TOUS LES JOURNAUX DE L'UNIVERS,

Pour venir au secours de la valeureuse presse de Paris, qui se trouve dans un état tellement désespéré, qu'on n'ose plus espérer de la trouver en vie, quand nous serons prêts à partir

Aussi, confrères, n'entreprenons pas de franchir la frontière, le monstre marin, car on prétend qu'il sort de la marine, ce monstre quadrupède, disons-nous, et peut-être, que peut-on savoir d'où il vient; si c'était un animal amphibie, vorace, qu'on ne pourrait détruire ni avec le canon, ni avec la bombe, ni avec la mitraille, ni avec l'arsenic;

qui ne pourrait être étranglé, que nous ne pour-
rions pas même faire peur en poussant de forts
cris ; si c'était un être pareil, il serait prudent
de rester chez nous. Les amis, vois-tu, les amis,
voyez-vous, ne badinons pas ; le prophète Nos-
tradamus dit d'une manière assez claire : « Si tu
es bien chez toi, restes-y donc. » Il faut y rester ;
nous nous contenterons de faire des vœux pour
que notre amie, la presse française, se tire des
griffes de son assassin. Mais hélas ! hélas ! nos
vœux seront-ils exaucés, nous qui n'avons pas
plus fait compte de Dieu que s'il n'y en avait jamais existé ; nous qui nous sommes toujours mo-
qués de lui, comme si c'était un être à plaisanter.
Oh ! les malheureux ! Oh ! ceci, oh ! cela. Oh ! si
au moins nous pouvions obtenir la remise des
gros péchés ; les véniels passe encore, mais que
diable se serait attendu à un tour de gobelet où
l'infâme escamoteur sorcier, enchanteur falsi-
fieur, car il nous fait voir que du bleu de la manière dont il parle ; au moins si nous pouvions
rompre sa baguette. Oh ! le charlatan ; va te
cacher, infâme Satan ; retire-toi de ma présence.
Oh ! mon Dieu ! mon Dieu ! mon eau bénite ne
vaut rien ; gredin de prêtre ! m'avoir donné
de mauvaise eau bénite ; mais tout enfin cons-
pire donc à la fois contre la malheureuse
presse et encore les femmes qui ne pleurent pas
seulement de nous voir dans la déconfiture, à
moi, nous qui les avions toujours tant aimées,
tant fêtées, tant cajolées, et dire qu'elles s'amusent à rire de notre démoralisation, de nous voir
étendus, couchés à la renverse, sans pouvoir re-
muer ni bras ni jambes. Oh ! les infâmes ! les
scélérates de femmes ! moi qui croyais qu'elles
m'aimaient beaucoup, et dire qu'elles me donnent

des coups de pied par les jambes. Oh! j'avais bien toujours dit que les femmes étaient des diablesses : oh ! les scélérates qui vont être libres malgré nous ; oh! Dieu de Dieu ! Qu'est-ce que le monde va donc devenir? mais voyons, les femmes qui s'en mêlent aussi ; mais, à ça, est-ce que je rêve, voyons, de dire que ce gredin de fléau n'en veut qu'à ceux qui prêchent la morale indépendante et les saintes lois qui doivent faire marcher les hommes par le moyen de la presse mécanique. Ah! Dieu! de Dieu! et ce gredin de *National français* qui savait la nouvelle depuis long-temps et n'en a pas dit le mot, le traître, le fourbe, l'imposteur, avoir ainsi trahi ses frères, les avoir fait tomber dans le piége. Oh! le lâche! n'avoir rien dit, ne pas avoir osé parler de l'arrivée de ce monstre.

Va te cacher la tête avec ton tapis vert, bleu ou noir, ou rouge ; cours vite, faiseur de protestations, signeur de signatures : voyons cette lettre, ce qu'elle annonce. Oh! ce qu'elle dit cette malheureuse lettre : Que le fléau fait sa marche triomphale dans les provinces, que Paris est tout ravagé par les presses qui tombent mortes quelquefois, dans les rues, en se promenant, ou dans leur domicile. Les entrepreneurs d'enterrements ne peuvent suffir, on vient d'en nommer de supplémentaires.

NOUVELLE TÉLÉGRAPHIQUE

Arrivée à 10 heures trois quarts du soir, par voie extraordinaire, avec des torches éclairées.

Voilà ce qui est dit : « Depuis hier le mal a été en grandissant, de manière que, maintenant, il a atteint une hauteur effroyable, on ne peut plus le mesurer si fort il est haut ; on en voit qui prennent de grandes échelles, quand ils sont dessus, en haut, ils ne peuvent pas seulement lui apondre au ventre, il a une grosseur incommensurable ; il y a des individus qui ont été chercher toutes les cordes d'une corderie ; impossible, ou elles sont trop longues ou trop courtes, ou, d'une manière ou de l'autre, aucunes ne peuvent aller à la mesure ; si bien que tantôt il grossit, tantôt il diminue : des fois il est gros comme un rat, quelquefois il ressemble à un éléphant. Moi, je l'ai vu devenir chauve-souris ; quelquefois c'est un petit homme rouge, tout bossu, la figure enluminée, le nez de travers, la bouche tordue, qui se met à faire des niches aux demoiselles. D'autres fois, c'est Gargantua en personne ; il y en a qui assure l'avoir vu assis sur les tours de Notre-Dame, et qu'il faisait sonner les cloches ; enfin, je vous dis, mon cher confrère télégraphe, dites à votre voisin que le plus fin s'y trompe, et qu'on n'y comprend rien.

Il y en a qui disent que c'est le diable, d'autres disent que c'est Dieu ; il y en a qui assurent que c'est un démon qui vient demander, de la part de Louis XVI, pour savoir pourquoi on lui avait coupé le cou, lui qui n'avait point fait de mal à personne, et qu'il veut faire le procès de la guillotine, et la condamner à mort.

On a en effet vu Louis XVI se promener, pendant trois nuits de suite, dans les jardins des Tuileries ; il s'arrête toujours devant le même arbre.

A MON IMPRIMEUR.

Paris, le 2 août 1839.

Monsieur,

« Quoique nous ayons serré autant que possible, il paraît que nous dépasserons d'*un tiers* les proportions que nous avions prévues, en recevant le premier envoi de manuscrit. Nous aurons donc trois feuilles au lieu de deux, *c'est dire* que la dépense s'élèvera à 240 francs au lieu de 160, comme nous l'avions présumé..... » Merci de la complaisance, monsieur, très obligé que je vous suis. Vous avez l'air de vous amuser d'un enfant que je vous envoie, qui est à mes ordres, de lui rire au nez et de le plaisanter ; ce n'est pas ainsi que l'on agit. On peut rire, cela est permis ; mais lorsqu'il s'agit de choses sérieuses, on parle sérieusement. Lorsque l'on est à la tête d'un atelier, c'est pour le gouverner et pour voir ce qui s'y passe. Vous avez des devoirs à remplir comme moi. Si, par faute de soins, vous laissez faire des fautes aux ouvriers qui sont sous vos ordres, c'est votre faute : vous devez les supporter.

En tout nous avons mis la plus grande simplicité, de la bonhomie même ; nous nous en sommes rapporté à vous comme à un frère avec qui nous désirons commencer des relations suivies, et vous commencez par nous tromper, nous jouer : ce n'est pas loyal, ce me semble.

Je dis nous tromper, car lorsque nous avons convenu définitivement de prix, vous aviez tout sous vos yeux ; on n'a pas marchandé, on vous a positivement dit de compter grassement, que vos peines s'y trouvent ; on vous a demandé un prix définitif, celui que vous présumiez le plus élevé, avec couverture imprimée et tout broché, confectionné. Vous nous dites 160 francs, nous adhérons à 160 francs ; vous auriez dit 180, 200 ou 220 francs, nous aurions pu peut-être vous payer ce prix, en étant convenu de ce prix ; mais 240 francs, impossible ! nous ne les avons pas en caisse ; il faut battre monnaie, et mes monnayeurs ne sont pas dans ces contrées.

Je vous ferai observer que vous auriez pu prendre, sans beaucoup de peine, un format plus grand que celui dont vous vous servez ; ce n'est pas le format dont on se sert ordinairement pour de petites brochures : beaucoup d'imprimeurs pourront vous l'apprendre si vous l'ignorez.

Vous me direz : il fallait commander, vous expliquer,

ordonner , nous sommes à vos ordres. Bien ; si j'avais moi-même vou'u me donner la peine de me transporter à votre atelier, ou si je vous avais prié poliment de passer chez moi , il est possible qus vous ne m'auriez pas mystifié comme vous avez fait ; vos procédés auraient été en harmonie avec les miens. Mais je profite de tout ; j'ai une pierre de touche qui m'apprend à connaître les hommes, même sans les voir. Je ne vous ai jamais vu ; mais , monsieur , vous me permettrez de vous dire que je vous connais à fond ; car vous êtes de la classe de ceux qui travaillent pour vivre, pour s'assurer un avenir douteux , incertain , rempli de vicissitudes , de revers de fortune ; comme bien d'autres vous êtes exposé à éprouver des pertes, des non-valeurs ; vos auteurs ne peuvent pas être tous *solvables,* je veux dire vous offrir de grands bénéfices ; ils peuvent profiter de la concurrence, oui la concurrence , qui vous tue tous, non seulement vous, imprimeurs, mais tous les commerçants , tous les chefs d'ateliers , tous tant qu'il sont , ou de la maudire , et de faire des efforts désespérés pour rivaliser , ou pour dépasser leur voisins.

Dans de pareilles situations vous êtes obligé de profiter, lorsque vous avez de la marge, que vous pouvez amplement *glaner,* vous le faites ; mais vous ne ferez jamais de récoltes abondantes avec moi si vous ne changez de procédé. Il ne faut pas profiter de votre domicile. Ce n'est pas parce que vous êtes établi rue SAINT-SAUVEUR qu'il vous convient de me faire composer, et surtout de me tromper , car vous me faites tomber dans un vrai guet-à-pens. Vous êtes rue Saint-Sauveur, il est vrai ; mais avant trois mois il ne dépend que de nous d'avoir une imprimerie bien organisée qui se nommera *Imprimerie Saint-Sauveur* tout court, autre que la vôtre , et dans votre rue : cela dépend de notre volonté.

Ainsi vous voyez que votre imprévoyance, je dirai votre *légèreté* seulement, pour ne pas parler trop *raide,* nous peut fournir ample sujet de querelles, de discussions vives, emportées ; peut-être nous fera-t-elle entrer en guerre ouverte, et viderons nos différends par-devant les tribunaux, si vous voulez et moi aussi y mettre de l'entêtement, si ni l'un ni l'autre ne voulons transiger.

Car réellement il faut bien peu savoir votre métier pour aller vous tromper de plus d'un tiers, d'un bon tiers sur une bagatelle comme cela. Un ouvrage étendu , cela pourrait à la rigueur s'expliquer ; mais sur deux feuilles d'impression se tromper d'une, c'est inconcevable ; il faut que vous ne connaissiez rien à votre état, ce qui n'est pas présumable, puisque vous savez travailler, ou que vous avez profité de la circonstance. Eh bien ! je l'espère, vous n'en profiterez pas, si vous ne voulez entendre raison, si surtout vous pensez que je sois un insensé, parce que je vous fais imprimer des extravagances, des folies. Vous n'avez pas seulement l'esprit de comprendre que je me moque de votre société, et que je veux lui faire la leçon ; que je commence à arracher les vêtements dont on veut se couvrir pour qu'on puisse le voir, malgré soi, tout nu, pour voir comme on est BEAU.

Je veux vous montrer la faiblesse de ce qui dans la société vous paraît le plus redoutable, et qu'en *trois mois* je veux faire à moi seul trembler la presse et l'atterrer, lui imposer silence malgré elle.

Vous êtes rue Saint-Sauveur, monsieur ; mais j'ai d'autres imprimeries à mon service ; elles sont déjà à l'œuvre pour moi ; elles me conna ssent sous un autre nom que vous. Vous agirez tous de concert, et je vous défie de vous mettre sur mes traces, de savoir d'où je sors.

Vous trouverez peut-être que mes expressions sont celles de la brute et non celles d'un homme de lettres ; *moi* je vous dis que tous les hommes de lettres réunis ensemble ne peuvent lutter avec moi, parce que ma force les dépasse de trop, et qu'en intelligence, celui qui est le maître est le maître, nulle puissance humaine ne peut le vaincre ni le terrasser. Vous écraserez à force ouverte un hercule, un homme d'une force extraordinaire ; vous pourrez le vaincre par la ruse, par surprise ; mais l'intelligence et le génie, jamais, jamais ! Ils peuvent s'éteindre par eux-mêmes, s'affaisser sur eux-mêmes, s'user eux-mêmes comme un volcan. Mais, par la force, vous, hommes, détruire, éteindre sa flamme, la flamme du génie, oh ! ceci dépasse votre puissance ; car un génie c'est un doigt de Dieu.

Car l'homme qui vous écrit est réellement l'homme de la nature. Il a tout appris, il n'ignore de rien ; il connaît les secrets de la *femme* et de l'*homme* ; il a voyagé, parcouru des déserts. A côté de vieux arbres de sombres forêts, il a entendu parler la nature primitive pure et sans tache, telle qu'elle a été créée et enfantée par Dieu. *Après* il a vu vos villes, et a été effrayé en voyant l'abîme dans lequel votre société va se plonger. En voyant les maux il a connu le remède, et il est chargé de le faire connaître, de vous le distribuer.

Cet homme s'est approché aussi des salons dorés. S'il connaît les usages et les habitudes du peuple et du sauvage, il n'ignore pas le langage des grands ; il peut parler même une langue sublime que nul encore n'a pu parler ; il peut vous charmer par une poésie si douce, et y mettre tant d'harmonie, que vous vous croirez transporté au séjour des heureux. Il est comblé de trésors immenses : il ne s'en glorifie pas ; c'est la nature qui les lui a donnés ; il les tient tous de la nature. Les hommes ne lui ont rien appris, rien enseigné ; la nature est son institutrice, c'est elle qui l'a formé : il est réellement l'élève de la nature.

Vous n'avez qu'un moyen de vous entendre avec lui, c'est de souscrire aux conditions qu'il va vous dicter. Il sera content et d'accord avec vous à 240 francs ; mais vous imprimerez la présente lettre que vous avez sous les yeux sans en retrancher *un seul mot*, sans corrections qui pourraient porter atteinte à la pensée qu'il veut exprimer ; autrement il vous ordonne de suspendre votre ouvrage et d'en rester là.

Si nous sommes d'accord, vous ajouterez sur la couverture ces paroles en très petits caractères :

Entre 1839 et 1840, il se passera des choses si extraordinaires que ça renversera l'imagination des hommmes.

Celui qui voit tout, qui entend tout, et fait toute chose de rien.

Celui qui a été, qui est, et qui sera.

J'ai l'honneur de vous saluer,

Le SAUVAGE DES FORÈTS.

Vous aurez la complaisance de ne pas égarer cette lettre, j'en garde un exemplaire pour m'en servir selon la circonstance.

Ledit.

Si vous souscrivez à mes conditions, vous m'en ferez part par lettre autographe et signée, autrement ne m'écrivez pas.

J'ai l'honneur de vous saluer,

LE SAUVAGE.

Paris le 3 août, 1839.

MONSIEUR.

Nous sommes encore à attendre votre réponse, savoir si vous nous rendrez nos manuscrits, ou ce que vous voulez en faire; je ne suis pas extrêmement pressé, mais je n'ai pas de temps à perdre, j'ai aussi ma tâche à remplir comme vous pouvez avoir la vôtre; l'ouvrage qui m'a été commandé, il faut que je l'exécute, je suis sous la volonté d'autrui, il faut que j'obéisse; n'allez pas nous chercher des querelles inutiles, car nous ne serons pas disposés à les souffrir long-temps, foi de Sauvage; car vous devez vous souvenir qu'en 1830, lorsque la fusillade et le canon grondaient par les rues de Paris, vous devez vous souvenir qu'il y allait de de la vie, c'était à vivre ou mourir. Eh bien! sans être dans la même position, car la situation est bien différente, nous voulons savoir si nous serons vaincus ou vainqueurs, nous ne voulons pas attendre qu'on nous attaque, c'est nous qui voulons attaquer quelques imposteurs qui se disent les interprètes du peuple français, qui ont l'audace de parler en son nom et de jeter à la face de tout homme d'honneur l'insulte et le mépris, le calomnier, l'avilir par l'insulte et l'outrage; nous voulons savoir si le peuple répondra à leur appel, si au contraire il ne sera pas satisfait de se voir guéri de cette lèpre.

Nous vous dirons en deux mots que nous ne sommes pas des gens de guerre, de trouble et d'anarchie, nous voulons la paix, rien que la paix, nous voulons le bonheur de la classe pauvre et partager notre bonheur avec elle; du pain et du travail pour tous; au nom de Dieu et du Roi, nous y parviendrons!

Ne croyez pas que nous soyons de jeunes étourdis, sans plans, sans but, sans desseins fixés, arrêtés; beaucoup de nous ont eu le temps de réfléchir, de mûrir, d'étudier dans la solitude; ont pu voir toutes les souffrances du peuple en les partageant eux-mêmes; oui ils ont compris celles de l'ouvrier exposé, tourmenté de voir le pain lui manquer au milieu de l'abondance et du superflu. Oh! ils ont compris bien des souffrances atroces qui enfantent le crime, le suicide, les vols et les violences; ils ont prié Dieu de faire cesser tant de souffrances, tant d'horreurs, et Dieu les a exaucés et leur a donné la puissance de la parole, la force de se faire comprendre, et ils ont *foi* que leur œuvre est SAINTE et qu'elle sera bénie.

Monsieur, je vous prie et cela dans votre intérêt, car je désire que vous soyez en bonne intelligence avec nous, écoutez-moi avec bienveillance: si je vous ai dit des paroles *brèves*, c'est afin que vous sachiez mieux nous comprendre, que nous avons la puissance de vaincre et de pardonner. Ecoutez-moi donc avec respect, car toute figure humaine a le droit de se faire respecter de son semblable.

Je vous le répète, nous nous sommes formé en travaillant avec le peuple, et nous pouvions passer une vie très heureuse (comme on peut dire vulgairement), une vie très heureuse au sein des plaisirs, entouré de belles femmes qui nous auraient adoré, qui auraient pu nous aimer, et notre or aussi, je parle familièrement quand je veux. Eh bien ! nous avons cru trouver à faire quelque chose de mieux en nous privant de tout commerce avec les femmes, en visitant l'atelier de l'ouvrier et partager ses peines, en connaître les fatigues, parcourir le monde dans tous les sens, explorer tous les pays, parcourir les mers et les déserts et revenir ; aussi nous sommes revenu les mains pleines de trésors, et nous voulons les distribuer, les partager entre tous nos amis. Nous avons acquis pour prix de nos fatigues, la force du corps et l'énergie de l'âme que vous n'avez pas, vous autres qui êtes toujours restés assis à la même place, qui avez toujours vu et touché les mêmes objets, vous qui avez toujours bu de la mauvaise eau, du vin frelaté et du pain toujours du même goût, de la même couleur ; il nous est arrivé à quelqu'un de nos camarades de manger des racines crues, faute de pain, à côté d'une fontaine limpide et claire ; on se reposait le lendemain, on continuait son pélérinage, et souvent on rencontrait un lit de repos pour se délasser.

Si j'entre dans de pareils détails, c'est pour vous rassurer en nous faisant connaître, car, ne sachant à quoi attribuer votre silence, je crois que vous êtes embarrassés. Eh bien ! avec le moindre raisonnement vous trouverez le moyen de vous sortir de peine et d'inquiétude ; je vous promets, foi de Sauvage, vous avez tout à gagner en suivant nos conseils, et si vous les méprisez, vous pouvez avoir à perdre, car nous n'exigeons rien qui ne soit de faire qui puisse troubler le repos de votre conscience, nous ne désirons que votre bien, nous cherchons même votre intérêt ; tout ce que vous serez chargé de faire pour nous sera pour la justice, au nom de la morale et de la religion ; nous ne voulons prêcher que l'ordre et la concorde, le repos et la tranquillité publique, et nous pouvons vous le dire, plus tard, nous pourrons agir sous les auspices de l'autorité. Si je vous dis cette parole , vous n'en abuserez pas, ce n'est pas que nous voulions en faire un secret, mais il suffit de vous dire que les premiers pas nous aimons à les faire à la dérobée; ainsi vous nous désobligeriez, si vous ne restiez pas dans les bornes des convenances, si vous abuseiz d'une confidence.

Vous pouvez joindre encore cette lettre à notre petite brochure, en vous tenant compte, bien entendu, des frais supplémentaires, si toutefois vous voulez être à nos ordres; plus tard nous pourrons nous mettre aux vôtres, si vous avez besoin de notre aide.

Nous avons l'honneur de vous saluer.

LE SAUVAGE DES FORÉTS.

Un Père de France.

Jules S.

P. S. Vous supprimerez quelques mots de la présente si toutefois c'est vous qui l'imprimez. Nous vous les indiquerons.

Le Messager que nous vous envoyons n'est pas très satisfait de votre urbanité; il trouve qu'on le reçoit avec plus de politesse en d'autres lieux; c'est un excellent homme cependant tout de cœur et de dévouement. Nous le ferions, je crois, monter à l'échafaud, s'il était nécessaire ; je vous dis cela afin qu'on l'apprécie un peu mieux.

⸺⸻⸺

Paris, le 4 août 1839.

Monsieur,

Je pensais bien que vous me donneriez des explications justes et satisfaisantes, et je vous dirai que mon serviteur ne s'est jamais plaint de vous ; j'ai seulement supposé que, ne connaissant et n'entendant nullement aux choses dont je le chargeais ; j'ai supposé que vous auriez mauvaise opinion de celui qui prenait pour se représenter un homme qui n'avait pas les connaissances bien étendues et qui ne peut faire qu'un bien mauvais secrétaire; mais ce n'est pas de sa plume dont j'ai besoin, c'est de son dévouement qui est à toute épreuve. Ma première lettre a dû vous peiner, je le sais ; mais nous allons tout réparer. D'abord je suis content de votre travail; pour le premier enfant d'un sauvage c'est trop bien fait, vous n'auriez pas dû le faire si beau, j'ai peur qu'on dise que je n'en suis pas le père, et que ma femme la gentille presse m'a fait cornard. Vous me dites que la brochure dépasse d'un tiers la limite primitive, je le savais peut-être avant vous, que cela ferait plus que vous me disiez ; je n'ai jamais douté de votre loyauté, monsieur, cette lettre, je vous dirais en un mot, a été écrite pour jouer la comédie, voilà tout, plutôt pour vous inspirer de confiance en moi que pour vous dire des choses déplaisantes que je renie et désavoue entièrement ; car je vous connais, entendez-vous. Je ne sais pas si vous savez mon nom ; mais je crois que vous m'avez vu quelquefois. La prochaine fois que nous dînerons ensemble, nous ferons ample connaissance, et vous conserverez précieusement vos lettres, leur originalité ne sera peut-être pas sans mérite, un jour viendra. Il convient même de les imprimer toutes trois de suite, crainte qu'elles ne s'égarent ; car, vous voyez, monsieur, que la réparation des gros mots est faite, et que je ne suis qu'un mauvais diable, puisque je ne fais guère souffrir long-temps mes damnés. Je vais vite débiter mon baume pour ne pas vous faire perdre de temps.

A MON IMPRIMEUR.

SALUT ET HONNEUR !

Maintenant, mon cher ami, que nous avons fait connaissance, comment me trouvez vous? suis-je bien fait de corps, là, bien taillé ; ai-je une poitrine assez large et mon menton est-il bien garni de poils? Voyons, ma tête ressemble-t-elle à celle d'un vaste génie? hein... Vous ne savez pas encore, qui vivra verra, comme dit le prophète... Mais j'ai bien la tournure d'un sauvage des forêts, n'est-ce pas? et je vaux bien mon pareil. Pensez-vous... vous croyez? Oh bien! tant mieux.

Eh bien! mon brave imprimeur, je vais vous dire que tout sauvage que je suis, j'apprécie beaucoup votre art, et je vous dis, mon cher monsieur Thomassin, que ce que je vais vous dire est une prédiction qui se réalisera avant peu.

Ce n'est pas les armées qui commanderont à la terre, qui seront chargées de soutenir, de défendre, de protéger, de veiller au maintien de l'équilibre européen; mais que ce sera l'imprimerie qui saura faire parler la langue française, qni s'emparera des villes, des provinces, des contrées, des empires, qui soumettra la terre, qui la pacifiera sous les auspices de la France, qui rendra à la France son ancienne splendeur, sous la direction de son roi, qui lui donnera, qui lui inspirera les idées de conquêtes. Oui ! les Français seront les conquérants de la terre, mais des conquérants pacifiques et par la seule puissance de la parole : sans canons ni machines de guerre, ils appelleront les peuples à la fraternité universelle; ils leur diront au nom de Dieu de briser leurs fers et d'anéantir les frontières et les barrières qui les séparent.

C'est en France que sont nés les premiers hommes de la foi nouvelle, de la religion nouvelle; que cette religion avec ses principes est destinée à renverser ce qui existe de fond en comble, parce que ce qui existe est horriblement mauvais, fait horreur à voir. Une nouvelle organisation sociale surgira des débris de l'ancienne, on tirera de l'ancienne tout ce qu'il y a de bon à prendre, tous les matériaux bons à employer; mais on mettra au rebut et on n'y jettera au feu tout ce qui sera de nulle valeur, tout ce qui sera usé par le temps ou par les hommes. La religion, la religion qui maintenant est en horreur, je dis en horreur, car les trois quarts des hommes en entendent prononcer le mot avec dédain et indifférence, rentrera en considération dans l'esprit de l'homme; car maintenant pour beaucoup, le mot de prière, de religion, est un vrai cauchemar; ce mot sonne si mal à leur oreille que lorsqu'on prononce les mots de Dieu, religion et prière, ça les crispe et leur fait prendre des crises de nerfs... Je vous dis qu'ils sont des insensés ceux qui croient que Dieu n'existe pas ou qui pensent que le monde est jeté au hasard. Tout est calculé, la vie des hommes comme celle des animaux; nul être ne peut fixer les bornes de son existance, il faut se soumettre à la mort quand elle se présente. Mais je vous dis avec une invincible confiance, mon cher monsieur Thomassin, l'homme ne meurt jamais... jamais.., il vit toujours éternellement; l'homme est comme Dieu, il n'a pas commencé et ne doit pas finir; il a toujours été, il a toujours existé dans le sein de Dieu, la *Genèse* le dit; son esprit, c'est le souffle de Dieu, l'âme de Dieu.

Je vous dis que cet immense Univers est soumis à une marche régulière et invariable; il fait des évolutions pleines de grandeur, de majesté et d'harmonie.

Je vous dis, mon cher monsieur Thomassin, que l'homme est le principal être de l'Univers ; que s'il existe tant d'admirables choses, c'est pour lui qu'elles ont été faites, uniquement pour lui ; car il n'y a que lui qui puisse en jouir ; mais pour pouvoir en jouir, il faut être humble de cœur, pur d'esprit, aimer Dieu et son semblable. A ces conditions vous pouvez jouir de la vie, autrement, jamais, jamais ; vos plaisirs enfanteront le remords, et jamais votre esprit ne sera content, satisfait, dans un état de parfait repos.

Je dirai aussi aux insensés astronomes, qui, depuis des siècles ont la lunette braquée sur le soleil, de ne pas l'entraver dans sa marche, de le laisser librement circuler, de ne pas ralentir sa course sublime et majestueuse ; que s'ils ne peuvent comprendre comment il parvient à faire tant de chemin dans un jour, cela ne leur donne pas raison de nous entretenir de leurs folies, qu'ils n'aient plus la sottise de nous faire des comptes absurdes ; nous sommes placés au centre de l'univers, le soleil reste immobile à peu près comme la lune et les comètes à queues, dont un de ces jours je vous conterai l'histoire.

Je vous dis, mon cher monsieur Thomassin, que je suis un vrai original, foi de Sauvage, et que l'imprimerie sera bientôt reine, et prendra une puissance, une importance que nul homme ne peut encore comprendre ; que les hommes qui seront chargés de diriger ses nobles travaux seront les premiers des premiers, tous des hommes éprouvés, mais qui seront dégradés de leurs nobles fonctions, s'ils laissent ou permettent sortir des paroles qui portent atteinte *à la dignité de l'homme, à la majesté de Dieu.*

Nous avons l'honneur de vous saluer,

LE SAUVAGE DES FORÊTS.

Un Père de France,

JULES S.

AU NOM DE DIEU,

Que la société se sépare en deux camps.

Que mes amis se mettent d'un côté, mes adversaires de l'autre.

Pour être mes amis, voici les conditions :

Croire à la force, à la puissance, à l'intelligence de DIEU, représenté en trois personnes.

Croire au Dieu, père et mère qui vivifie et anime l'univers.

Croire à la venue de la FEMME FORTE qui aura le pouvoir de ressusciter la chair morte, souillée, avilie par la prostitution et l'adultère, et autres crimes INCONNUS.

Croire à la destruction de tous les maux qui rongent et désolent la société.

Croire à l'anéantissement de tout esclavage, sous quelle forme qu'il se présente.

Vouloir la destruction de toute autorité illégale, qui ne sera pas fondée sur la justice, la vérité et l'équité, qui voudra s'appuyer sur la fourberie et le mensonge, qui sera ennemie de l'autorité des lois, cela signifie à l'abolition de la presse INFERNALE.

Ceux qui voudront être mes ennemis devront

faire leur proclamation et accepter le cartel, en relevant publiquement le gant que je leur jette à la figure. Point de déloyauté dans la guerre.

Ceux qui passeront de mon côté se tiendront en silence, et parleront seulement s'ils voyent que je ne sois pas assez fort pour vaincre tout seul.

Ceux qui voudront s'avouer vaincus déposeront les armes et enverront un héros de guerre le faire à savoir.

Le vainqueur sera tenu de pardonner au vaincu, de se reconcilier publiquement ensemble en s'embrassant; il sera tenu aussi de lui faire partager son dîner s'il est en appétit de manger.

Que tout se passe de part et d'autre avec GRANDEUR ET DIGNITÉ, et que nous montrions nous, FRANÇAIS, à la face du ciel, que nous valons les ANCIENS GAULOIS. Nous espérons le prouver bientôt : Que cela soit fait et dit !

Au nom du Père, du Fils, du Saint-Esprit.

LE SAUVAGE DES FORÊTS.

Pour copie conforme :

Les ministres secrétaires

LE FOU, L'ORIGINAL, L'IMBÉCILE.

9 782014 058826